Tiana est une ravissante jeune femme de la Nouvelle-Orléans qui rêve d'ouvrir son propre restaurant. Pour ce faire, elle travaille jour et nuit au resto de Duke afin d'épargner l'argent nécessaire à la réalisation de son rêve. Elle sait qu'en travaillant fort, elle y parviendra.

Un jour, le prince d'une contrée lointaine arrive en ville.
Contrairement à Tiana, le prince Naveen n'aime pas travailler.
Il est venu à la Nouvelle-Orléans pour participer aux célébrations
du Mardi gras, car il raffole de la musique jazz.

Le même jour, Charlotte, la meilleure amie de Tiana, et son père, Big Daddy, se présentent au resto de Duke. Charlotte explique à Tiana que le prince sera présent au bal masqué que donnera son père, et qu'ils auront besoin de plus de cinq cents beignets pour les invités.

Grâce à l'argent des beignets, Tiana a enfin amassé les fonds nécessaires pour verser un acompte pour son restaurant !

Cet après-midi-là, elle fait une offre pour acquérir l'ancienne manufacture de sucre. Les agents immobiliers l'acceptent avec plaisir !

Pendant ce temps, un homme étrange du nom de Facilier dit au prince Naveen et à son valet, Lawrence, qu'il peut exaucer tous leurs vœux. Lawrence souhaite alors ressembler au prince Naveen. Quant au prince, il ne désire qu'une chose : continuer à mener la belle vie.

Lorsque Facilier tire les cartes, les vies de Naveen et de Lawrence changent du tout au tout.

Pendant le bal masqué, les agents immobiliers apprennent à Tiana qu'ils ont eu une meilleure offre pour la manufacture de sucre, et que l'entente ne tient plus.

Sous le coup de l'émotion, Tiana trébuche, tombe sur la table au milieu des beignets et tache sa magnifique robe.

Charlotte conduit Tiana à sa chambre et lui prête un costume de princesse.

Après s'être changée, Tiana sort sur le balcon et regarde l'étoile du soir. Elle ferme les yeux, puis fait un vœu. Lorsqu'elle rouvre les yeux, elle aperçoit une grenouille qui la dévisage.

« Je suis le prince Naveen. Le docteur Facilier m'a jeté un sort »,
explique la grenouille à Tiana.

Ayant pitié de l'animal, Tiana décide de l'embrasser pour
rompre le sortilège. Mais Naveen ne change pas de forme…
C'est plutôt Tiana qui se transforme en grenouille !

Les grenouilles sont chassées dans le bayou où elles font la rencontre de Louis, un alligator trompettiste.

Après avoir appris leur histoire, Louis leur explique que Mama Odie, une vieille femme qui pratique le vaudou, pourrait les aider à retrouver leur forme humaine.

Pendant ce temps, Facilier demande à Lawrence, qui a maintenant l'apparence du prince, d'épouser Charlotte afin qu'il puisse mettre la main sur la fortune de Big Daddy.

Mais sans le vrai Naveen à proximité, l'effet de la magie commence à s'estomper. Excitée à l'idée d'épouser le prince, Charlotte ne remarque pas que Lawrence reprend peu à peu sa véritable apparence.

Dans le bayou, Tiana et Naveen comprennent qu'ils ne sont pas faits pour s'entendre. Affamés, ils tentent d'attraper une luciole, nommée Ray, mais ils ne réussissent qu'à s'emmêler dans leurs langues.

Après avoir aidé Tiana et Naveen à se démêler, Ray leur propose de les conduire chez Mama Odie.

Plus tard, Tiana décide de préparer le repas. Naveen voudrait l'aider, mais il ne sait pas cuisiner. Tiana réalise alors que sous les airs nonchalants de Naveen se cache un être vulnérable. Elle lui montre donc gentiment comment couper des champignons. Bientôt, la bonne odeur du gombo se répand dans le bayou.

Après le repas, Ray leur parle de l'amour de sa vie, Évangéline.

« La voilà ! La plus belle luciole du monde ! » s'écrie-t-il en levant les yeux au ciel.

Évangéline est en réalité… l'étoile du soir !

Louis se met ensuite à jouer de la trompette, puis Naveen invite Tiana à danser. Les deux grenouilles sont en train de tomber amoureuses.

Lorsque Tiana et Naveen arrivent chez Mama Odie, celle-ci demande à Tiana de regarder dans le chaudron de gombo qu'elle prépare. Tiana y aperçoit son amie Charlotte qui s'apprête à devenir la princesse du Mardi gras. Si le vrai Naveen parvient à embrasser Charlotte avant minuit, Tiana et lui pourront retrouver leur forme humaine.

Tiana, Naveen, Louis et Ray montent à bord d'un bateau afin de se rendre au carnaval du Mardi gras.

Pendant le trajet, Naveen s'apprête à demander Tiana en mariage lorsque celle-ci aperçoit la manufacture de sucre. Elle regarde l'endroit en soupirant, puis explique à Naveen qu'elle a toujours rêvé d'ouvrir son restaurant à cet endroit.

Le cœur brisé, Naveen se réfugie dans un lieu isolé pour trouver un moyen de venir en aide à Tiana. Au même moment, des ombres maléfiques envoyées par Facilier surgissent et s'emparent du prince. Facilier a besoin de lui pour raviver la magie du talisman afin que Lawrence reprenne l'apparence de Naveen et épouse Charlotte.

Pendant ce temps, Ray révèle à Tiana que Naveen est amoureux d'elle. Tiana saute de joie et se précipite au défilé pour voir si le prince a embrassé Charlotte. Elle voit plutôt Charlotte et Naveen sur le point de s'épouser ! Ignorant qu'il s'agit en fait de Lawrence, elle fond en larmes et s'enfuit.

Entre-temps, Ray retrouve le véritable Naveen et le délivre.
Les deux amis se rendent ensuite au défilé pour empêcher le mariage
de Charlotte et du faux prince. Naveen arrache soudainement le
talisman du cou de Lawrence et le lance à Ray.

La luciole parvient à retrouver Tiana et à lui rendre le talisman,
mais au même moment, Facilier frappe Ray avec sa canne.

Facilier exige de Tiana qu'elle lui rende le talisman, mais elle le lance plutôt sur le sol, le faisant éclater en morceaux.

Facilier ne peut plus contrôler ses ombres. Celles-ci l'encerclent. Quelques instants plus tard, il ne reste plus que le chapeau haut-de-forme de Facilier sur le sol.

Tiana part ensuite à la recherche de Naveen. Elle le trouve au moment où il s'apprête à embrasser Charlotte.

Malheureusement, les douze coups de minuit sonnent. Tiana et Naveen sont condamnés à demeurer des grenouilles, mais c'est sans importance, car ils sont ensemble.

À ce moment, ils voient Louis qui accourt vers eux, tenant Ray dans sa main. Facilier l'a sérieusement blessé.

Naveen et Tiana pleurent en se tenant la main. La lueur de la luciole faiblit, puis elle s'éteint.

Depuis ce jour, une autre étoile scintille dans le ciel, juste à côté de l'étoile du soir. Ray a rejoint son Évangéline !

Quelques jours plus tard, Naveen et Tiana se marient.
Les amoureux reprennent soudain leur forme humaine au moment
où ils s'embrassent !

En effet, puisqu'ils sont mariés, Tiana est désormais une
princesse. En embrassant une princesse, Naveen a rompu
le sortilège !

Bientôt, un nouveau restaurant ouvre ses portes — Le palais de Tiana. C'est le meilleur endroit en ville pour déguster des plats exquis, écouter de la musique jazz et passer une soirée inoubliable.

Tiana ne peut rêver mieux. Elle a tout ce qu'elle a toujours désiré et tout ce dont elle a besoin.